第二詩集

立脚点

ミカヅキカゲリ

もくじ

第二詩集 『立脚点』

〔火星を想う〕

だからわたしは思うのだ。
『介助者と暮らすことは、
隔たった火星を想うこと』
であると。
繰り返し繰り返し、自分に云い聞かせるみたいにして。
なぜ火星なのか？
わたしにもっともちかしい天体は、

名前にもあるとおり月である。

とおい天体はあろうことか太陽。
強さを振り翳し、弱いものや歪んだものを許さないで灼き尽くすような
威張ったところが厭《きら》い。

だけど、わたしひとりきりなら、
月に牽かれるけれど、

介助者と暮らすことは、
なぜか、火星を想うこと。

闘いの星だからか、
地球にたまに近づいてくる不穏さ故《ゆえ》か。

わたしは今日も、
料理を作ってもらいながら、或いは、お風呂で躰《からだ》を洗ってもらいながら、
火星を想っている。
隔たった火星を想っている。

第二詩集 『立脚点』

[幻の惑星ネム]

憧れている場所がある。
地球の周りを人工衛星の軌道に乗って回り続けていると云う、
記録には残っていない幻の惑星ネム。

世界中の仲間はずれが集まって造った眠るための惑星。

惑星ネム完成後、
当時の地球のアウトローたちは、
みんなそこに旅立ち、眠りに就いた。

アウトローたちを追い出したマジョリティーは、

惑星ネム関連の記録をすべて抹消し、
アウトローたちを追い出したことを祝って、連日連夜どんちゃん騒ぎをした。
こうして地球は、ますます不夜城と化した。

時は流れ、記憶も薄れたが、
伝承だけはかろうじていまも残っている。
地球の人工衛星軌道上に、いまも惑星ネムはあるのだと。

仲間はずれのアウトローたちの眠りを乗せて、回り続けているのだと。

憧れている場所がある。
幻の惑星ネム。
世界中の仲間はずれが集まって造った眠るための惑星。

［艶《つや》ばあちゃんの死］

やっぱり100歳にもなると、お葬式もそこまでしんみりムードぢゃなくて

それにしても、
焼き場の扉！

なんとゆっくり
なんと誘うように

閉まることか！

わたしのたましいまで

焼き場に吸い込まれそうになる。

[むらさきいろ]

6月はむらさきの月。
艶《つや》ばあちゃんを偲ばぜるむらさきの月。
艶《つや》ばあちゃんが100歳で逝ったあと、
今年もむらさきの月が巡ってきた。

艶《つや》ばあちゃんの不在など、
知らぬ気な顔で恙なく。
それゆえくっきりと、わたしに
亡きひとを思い出させて。

わたしたちはちょうど還暦分の年の差で、
けれども艶《つや》ばあちゃんは、
『神童だけど変わり者』とされた幼いわたしの唯一の理解者で、
だからこそ、わたしたちは大親友だった。

艶《つや》ばあちゃんは娘時代の殆どを
戦時下の台湾で過ごし、戦後引揚船で帰ってきた。

台湾生まれの妹が、日本で初めて雪を見て、

「わあ、お米が降ってきた！」

とはしゃいだ話を何度も語ってくれた。

艶《つや》ばあちゃんは亡くなった。
むらさきの月は命日ではないが、
繰り返し繰り返し、思い出を再生する。

こんな想い方があってもいいはずだ。
季節外れのクリスマスソングのような。

［血縁］

おとうとは少し老けている。
たぶん、善良すぎるのだ。
わたしはとても童顔なので、いつもおとうとが兄と勘違いされる。

おとうとを見ていると、あまりに邪気がないので、
なんだか切なくなる。

まるで恋。
かわいいはかわいそうと紙一重、とよく聞くが、
おとうとを見ていると理解できる気がする。

邪《よこしま》な姉からすると信じられないくらい、
おとうとは善い子だ。

できることならひとりじめしていたい。
血縁が信じがたいけれど、
(うちの家にあんな善い子が育つことが不思議だ)
血縁に感謝する。

けれどわたしの周りには、
血縁ゆえに苦しんでいる友達もいる。
彼女が死にたいとメールしてきたとき、
とっさに (わたしも拒食症で死にかけていたけれど)、
『がんばらない』
と云うひと言メールを返した。

今も苦しむ彼女に、なにかできることがあるとすれば、
それはわたしがわたしから逃げないことだと思う。

ひいてはそれが、
わたしのために人生を捨てたと他人《ひと》に云われるおとうとの
力になると善いと思う。

［江戸っ子］

おとうとは江戸っ子だと思う
生粋の北九州っ子で
ばりばり北九州弁を遣う

まず
おとうとは『ひ』と『し』の区別かつかない

「逢っていなかったあいだ、君、何処かに行った？」
と訊くと
「横浜に『ヒョウ』を観に行った」
と云う

『ヒョウ』……豹かな？　横浜まで？
何度訊いてもおとうとは繰り返す
「『ヒョウ』よ、『ヒョウ』！」
わたしは唐突に思い出す
おとうとは『ひ』と『し』の区別かつかないことを
「『ショウ』？」
と尋ねてみると　うれしそうに首肯《うなず》く
「うん、『ヒョウ』‼」
それから　もっと云うなら
『江戸の町人』みたい

たいへんに文化的
歌舞伎もよく見に行っているし　寄席や銭湯も好き
映画や建築も好き

姉のわたしがすぐに自分で創り手にまわりたがるのに対し
おとうとは徹底的に消費する側

『江戸の町人』だと思う所以《ゆえん》だ

おとうとは映写技師をしている
もともと奈良の大学に通っていた頃
東京の映画館で映画の学校のチラシを見つけたわたしが　おとうとにチラシを送った
のがきっかけ

おとうとは毎週末奈良から東京に通い　大学卒業後映写技師になった
そうして　いまも映画館ではたらいている

［こなごなれいわ］

おとうとの歌舞伎座土産の『令和せんべい』

しばらく飾っていたけれど
改元からひと月
ついに食べることにした

『新時代を噛み砕く』

などとひとりごち乍《なが》ら
神妙に粛々といただく

こなごなれいわ

［動物園］

わたしがことばをあげたら、
あなたが感想はことばにできないからと、すてきな動物園をくれました。

第二詩集 『立脚点』

［よる、どうぶつ］

朝からひたすら更紗（わたしのパソコン。少年。）に向かって執筆
夜になって
はじめて
気づいた
『食糧難』

急遽　夜の散歩
介助者とスーパーまで
赤い電動車椅子
時刻は22時すぎ

季節は夏
微温く撓んだ空気
我が家からおおどおりに出たところ
動物園がある

ふだんなら
裏道をとおる

けれど
よる、どうぶつが
気になって動物園経由で
かえる

よる、どうぶつは眠っているのかも知れない

フェンス越し
森閑《しん》
森閑《しん》としている

［まだわたしにも］

どうしよう気づいちゃったよこのキモチ　わたしに恋が残ってたとは

［奪われた］

あざやかな季節がやってきて
わたしはあなたに奪われた

［まき子が好き］

最近気がついたのだけれど、
わたしにもまだ恋が残っていたらしい。

まき子が好き。

まき子はわたしがひとり暮らしをはじめてわりとすぐから居る介助者。
8歳年上。

すごく小さくて、でもパワフル。

何よりノリがわたしと近い。

最近ふたりで気に入っている遊びが、
『やさぐれまき子の介護日誌』。

たとえば昨日はこう。
「力のない利用者が『腕相撲をしよう』と云う。捻り潰してやったぜ！」

とても愉しい。

ところがまき子、あと2年以内には引退すると云う。
正直、動揺せずにはいられない。

［山芋鉄板］

わたしが最も好きな料理は
「山芋鉄板」だ

山芋の皮を剥いてすりおろしたものに
溶き卵を加えて混ぜ
鉄板焼きにした料理

鰹節や醤油をかけて戴く
これがたいへんに美味なのである

しかし

この「山芋鉄板」と云う料理
真偽の程は定かではないが
九州にしかないらしい

まあ　九州以外のひとはなんて可哀想なのかしら!?
聞いたとき　わたしは思わずには居られなかった

「ほんとですよ、あたし、東京で呑み歩いてたとき、居酒屋のメニューには『山芋鉄板』
はありませんでしたよ」
と東京に住んだことのあるまき子が云う

あんまり吃驚にしたので
さっそく別の介助者（マリー）に報告した
「『山芋鉄板』は本州にはないんだって」
「えっ？　ぢゃあ、居酒屋とかにあるアレは何なんですか？」

マリーは不審そうに訊いてくる
「だから、九州の居酒屋にはあるんだよ。でも、本州の居酒屋にはないらしい」

わたしは説明した。

「えっ、だって、本州って九州でしょう?」

マリーの発言にわたしはゲシュタルト崩壊を起こした。

「えっえっ本州と九州は違うでしょ?」

「九州のことを本州って云うんじゃないんですか?」

マリーの言葉を聞いているうちに
霧が晴れるように　わたしには理解できてきた

そうか
この場合の〈本〉は〈本人〉とか〈本朝〉とか云う場合のアレか

だから
「九州=本州」なんだ!

その素直な思考回路に
わたしは感嘆の念を禁じ得なかった

「あのね、日本列島には北海道って島と本州って島と四国って島と九州って島と沖縄っ
て島とがあるの」

「えー、そんなのどこで習いました？」

「え、小学校」

「テストに出ました？」

「出た筈ですよ」

云うと　マリーは衝撃を受けた模様
「うわ～全然、知らんかったわ。やばくないですか、あたし？」


まあ可愛いから善いんぢゃないかな？

内心だけでひとりごち乍《なが》ら

わたしは赤い髪のマリーをチラリ盗み見る

＊

そんな紆余曲折を経つつも
わたしは今日も介助者に
大好きな「山芋鉄板」を作って貰う

第二詩集 『立脚点』

【〈産みたて氷〉】

介助者のブログに、
冷蔵庫の『勝手に氷』と云う自動製氷機能がお気に入りで、
夜、水を入れて、朝、できているキラキラを
産みたて卵のようにいただく……とあって、
読み進めていくと、ネーミングが勝手だと思うと云うことが書かれてあった
作らせておいて、『勝手に』なんて冷蔵庫に対して失礼だ……！
これには笑ってしまった

記事はさらにつづき、
「私は〈産みたて氷〉と呼ぼうと思う」
そう結ばれていた
〈産みたて氷〉……なんだか素敵だ
生活を慈しんでいる姿勢が垣間見えて

［まんぼうメンタル］

『豆腐メンタル』なる表現がある
精神的に脆弱なことを指す

けれど
それ以上の表現を見つけてしまった

『まんぼうメンタル』

ご飯のとき噴き出したところ
16歳の介助者が云う
「いまのであたしの中のまんぼうが5匹くらい死んだ」

戸惑っていたところまんぼうのことを教えられた
まんぼうはストレスに弱く　泳いでいてぶつかったとしたら
死んぢゃうらしい

吃驚した
『まんぼうメンタル』

［サバイバー］

ハタチくらいの頃
劇団の女性演出家から手を出されつづけていた。
女性演出家は40代で　はじめは芝居の稽古だと云われた
「これは芝居の稽古だからね　躰《からだ》触るからね」

わたしは当時酷く不安定だったこともあり
行為に厭《いや》だと云えず　女性演出家が与える快楽に流されてもいた

やっと開放されて浴室に逃げ込んだところを　追いかけてこられてふたたび……なんてことも屡々で
いろいろな機会にいろいろなところで　散々いやらしいことをされた

関係は数年つづき
あとにはトラウマが残った
つい最近まで入浴中に　追いかけてこられたときの絶望感が生々しく蘇ったりしていた

それから抜け出せたのは　経験を他人《ひと》に話して
こう締めくくったときだった

「あのひとは狡《ずる》かったと思う」

言葉にしたことで　胸のつかえが昇華した
気がした

［夜の点滅信号］

夜道　視線の先
明滅する　点滅信号

いまは夏の宵
点滅信号は何食わぬかお
だけど
春の夜にはひどく禍々しかった
ひどく不穏だった
春は
こわい

［はじめての眸《め》］

長時間　映画や本に熱中していて
ふっと現実に帰ったとき
その物語が面白ければ面白いほど
日常に戻るのに苦労する

そんなときは
『はじめての眸《め》』を獲得していることが多い

見慣れたはずの日常が『はじめての眸《め》』をとおすと
まったくあたらしいものに感じられる
戸惑うけれどすこしだけ新鮮

あれ？　このひとは誰だろう？
――いつもの介助者
あれ？　これは何だろう？
――リフト　ひとによってトイレに行くときに使う
あれ？　ここは？
――わたしのひとり暮らしのアパート

［憧憬］

おさないころ
スイミングスクールでなくしたオレンジ色のくつした
いまも残る執着
たとえばあのひと
それは誰？
もはや喪《うしな》われて思い出せない
おさないころ

口に含んだおはじきの
心許ない薄い淋しさ
いまでは氷砂糖に繋がり

わたしはけっしてなにもなくしてはいない

とても弱いけれどその声は
たしかにわたしの内奥《ないおう》から響いてくる

とおいとおい憧憬の記憶だけが
わたしをつなぎとめる糸

リアルに世界に
わたしに

［白秋の縁《ゆかり》］

もうずっと逢っていない
大好きなトモダチがいる。

彼には携帯もネットもなく、
時折交わす前時代的な紙の手紙だけが、
目下、わたしたちの繫がりだ。

彼はだんだん眸《め》が悪くなっていき、わたしはそんな彼に白秋を重ねる。

［忘れもの］

『忘れものはありませんか？』

少女が云う。

紳士は少し考え込む。
なんだろう……なにかあったような。
そもそもこれは誰だ？
記憶の何処かで引っかかる。
私の娘か？
いや、亡き妻の若い頃か？

『忘れものはありませんか？』
少女が繰り返す。
紳士はまたも考え込み、
そして、
唐突に思い出す。
『忘れものはありませんか？』
これは私。
幼いうちに跡取りとして男として教育された。

『忘れものはありませんか？』

だから、
妻なんてまやかしだし、
娘なんてできよう筈もない。

『忘れものはありませんか？』

少女が云う。

紳士は泪を浮かべて少女を抱きしめた。

『ただいま……』

『……おかえりなさい』

［少女の花畑］

むかしむかし
荒れ果てた荒野のはずれに
ちいさな村があった
村は貧しく荒野はまさに不毛の地だった

あるとき
ひび割れた荒野の地面に
ひとつまみ花の種を植えた少女がいた
少女の名はメアリー
病気の母親の回復の願掛けでもあった

少女は種を植えつづけ
水を与えつづけた
祈りの甲斐あってか
花はそれまで生物の影などなかった荒野で
息づいた

ひとりの聖人がその一部始終を知っていた
聖人は少女の祈りを健気だと思い
村人の協力のもと
村の用水路の水を少女の花畑へと運ぶ工事をはじめた

5年の工事ののち
少女の花畑は潤った
すでにメアリーは娘になっていた
しかし病気の母親はまだ回復しておらず

娘は花を植えつづけた

そのうちに花畑の規模は拡大した
メアリーが今度は亡き母の思い出のために花を植えつづけたからだ

やがてメアリーも母となり
そうして老齢の域へと達したが
一生涯花を植えつづけた
花畑の手入れも欠かさなかった

メアリーや聖人の生きた時代から
かなりの歳月が流れた

しかし
『メアリーズガーデン』と呼ばれる花畑はいまもある

一年中花は途切れることなく咲き誇る
その地はいまや聖地として讃えられていると云う
荒野にぽっかり咲いた奇蹟の花畑の物語

［旅立つきみへ］

失意のうちに旅立つきみへ
わたしに何ができるだろう
これが最後だと云う今日
わたしはきみに逢うまで　少しこわかったのだけど
逢ってみると　きみは存外にあっけらかんと「ドクターストップかかっちゃって」
と云う

運命は残酷だね
パッと見の明るさや元気さとは裏腹な　わたしたちの脆い〈たましい〉は
傷つきやすく
〈なんでもない些細なこと〉の積み重ねに疲弊し

毀れてゆく
わたしもかつて幾たびも毀れたし　今度はきみが毀れた

旅立つきみへ
わたしはここに居るから　きみを待つから
とは云え　停滞も思考停止もしないよ
ここって云うのは　場所じゃないから　〈在り方《スタンス》〉だから
わたしの立脚点は　真実を問い続けることと書くこと
あとは
わたしなりにわたしらしく自然体で居ること

旅立つきみへ
だから　きみも決して無理はしないで

きみなりのペースできみらしく自然体で暮らしてゆきながら
ゆっくり治して行ってくださいね

わたしはきみを信じているから

旅立つきみへ
ありがとう
そして

またね

第二詩集 『立脚点』

［ひとりきり］

むかしからひとりあそびがとくいで、
せかいにうまくなじめなかった

こうねんそれははったつしょうがいゆえとはんていされたのだけど
げんいんがわかったところでげんじつがかわるわけでもなく

わたしは世界にいつまでも慣れない。

たとえばすうがく
点は概念上でしか存在し得ない、と云うようなこと。
長さがあればそれは線分。

広さがあればそれは面。
それから三角形の内角の和は、
現実には180゜とは云えないこと。
それらがわたしを追い詰め、
苛む。

わたしはひとりきりのせかいににげこむ。
そこでうたうことやえんじることやことばやものがたりをつむぐことをおぼえた。

けれどもそれはもろはのつるぎ。
わたしはそのなかではしあわせだけど、
よりこどくをふかめた。

でも同時に見つけたことがある。
〈ひとりきりの世界からのわたしの言葉〉は
おなじような〈ひとりきりの誰か〉に響くということ。

だからこわいけれど、
勇気を出してわたしは言葉を綴る。

これは手紙。

第二詩集　『立脚点』

あとがき

わたしは昔からいろいろなことをやりたがる性質《たち》で、旧いところでは舞台女優としての活動や歌の活動。並行して文筆活動。

結局のところ、〈表現〉なんだろうなといまはそう思っている。でも昔はどっちつかずで中途半端で自己嫌悪に陥ることもしばしばだった。

ところで、運命はわたしから四肢の自由と声を奪った。傍目には不幸に見える運命はわたしをシンプルにし〈自由〉にした。目指すものは必然的に文章だけになり、わたしは運命に感謝さえした。決めきれなかった道を選んでくれたから。

そうして二度目の運命に襲われた。
拒食症と統合失調症でほんとうに死にかけた。
運命が今度くれたものは、〈覚悟〉だった。
生還して文筆業とちいさな出版社を軌道に乗せることに邁進した。その甲斐あって
詩集と作品集の計８冊の本を出版することができた。

いろいろなスタイルのものを執筆した。詩、小説、戯曲、短歌。
詩に軸を置きたい！　ずいぶん遠回りしたけれど、大切なわたしの立脚点。そうい
う意味を込めて、第二詩集のタイトルは、『立脚点』に決めた。

編集は、前回に引きつづき、佐相憲一さんにお願いした。まだ幼いわたしの詩人人

生の指針となってくださっている方。佐相さんの編集はたいへん素晴らしく、たいへんに勉強になっている。

今回の詩集『立脚点』は、前作『水鏡』から踏襲したわたしの〈たましい〉はそのままに、さらに進化したかたちのミカヅキカゲリをお届けできるのではないか、詩人としてのわたしは、まだとても幼く、拙いが、この言葉が誰かに届くと信じてわたしは言葉を綴っている。これを立脚点として、わたしはこれからも歩んでゆこう。

さいごに、わたしの詩と云う手紙を読んでくださって、ありがとう御座いました。

あなたがいるからつよくなれる。

☆☆ 著 者 住 所☆☆
☆　805-0013　　☆
☆　北九州市八　　☆
☆　幡東区昭和　　☆
☆　3-3-20-101　　☆
☆　　　　　　　　☆
☆　荒石方　　　　☆
☆ ミカヅキカゲリ ☆
☆☆☆☆☆☆☆☆☆☆

ミカヅキカゲリ

略歴

ミカヅキカゲリ

1978．11．01．生まれ。北九州市出身。筑波大学で、心理学、心身障害学などを学ぶ。大学在学中から舞台に立ちはじめ、卒業後は舞台女優に。その傍ら、声優や歌うたい としても細々と活動。しかし実は作家志望との矛盾を抱えていた。

一方で中学生の頃より、〈存在の不安〉としか形容できぬ漠とした悩みに苦しみ、ついには耐えきれず2006年末に自殺未遂。後遺症のため、四肢麻痺になり、以降車椅子生活。赤い電動車椅子と長い黒髪がトレードマーク。ちいさな頃より好きだった詩作を本格的にはじめたのも大学在学中から。　小説は車椅子になってから。

２０１８．１１．０１．　第一詩集『水鏡』刊行。

同年 12月、ＮＨＫ ＴＶで「空をあきらめない詩人ミカヅキカゲリ」として特集される。

その後、　ひとりきりでちいさな出版社　†三日月少女革命†を設立。

著書に『メアリー人形』、『ミカヅキカゲリ作品集Ⅰ～Ⅲ』、『エッセイ　障害者のひとり暮らし①』、　発売中。

マイブームは、　和装と球体関節人形。

日本詩人クラブ会員。

■■■†三日月少女革命†のススメ■■■

† 三日月少女革命 †とは、赤い電動車椅子と長い黒髪がトレードマークのミカヅキカゲリがひとりきりで運営するちいさな出版社です。車椅子だからこそ、視える景色をお届けすることによって、自己実現だけでなく、よりやさしい、より成熟した世界を目指す、しずかな革命を志向します。

何か、善きもの、美しいもの、たったひとつの真実を掴みたいと思っています。

ちいさな出版社*† 三日月少女革命 †

http://3kaduki.link/

■■■　既刊リスト　■■■

第一詩集『水鏡』（コールサック社刊）	四六判	128ページ	1500円
小説本『メアリー人形』	B5	24ページ　特装版	1500円
		廉価版	900円
『ミカヅキカゲリ作品集Ⅰ』	B6	184ページ	1800円
『ミカヅキカゲリ作品集Ⅱ』	B6	212ページ	2000円
『ミカヅキカゲリ作品集Ⅲ』	B6	132ページ	1300円
エッセイ『障害者のひとり暮らし①』	B6	52ページ	700円

三日月少女革命

■■■ 奥　付 ■■■

題　名　第二詩集『立　脚　点』
著　者　ミカヅキカゲリ
編　集　佐相　憲一

発行日　2019年11月1日
発行元　三日月少女革命
印刷所　しまや出版

ISBN　978-4-909036-10-0
定価　1000（税抜き）円
URL　http://3kaduki.link/